LE
QUATORZE JANVIER

ODE

PAR P. DE LAMOULIÈRE

Prix : UN franc.

PARIS

CHEZ L'AUTEUR, 12, RUE DES HALLES-CENTRALES
ET CHEZ LES LIBRAIRES

1858

EXTRAIT DU MONITEUR.

L'attentat du 14 janvier a eu des résultats bien différents de ceux qu'en espéraient ses auteurs; il n'a servi qu'à consolider ce qu'ils voulaient abattre. L'horreur universelle qu'il a excitée a été partout suivie des plus éclatantes manifestations pour l'empereur et pour l'impératrice. Le peuple, la garde nationale, l'armée, toutes les classes de la nation se sont associées aux grands corps de l'État dans l'expression des mêmes sentiments. On peut dire que l'Europe entière les a partagés. Tous les souverains se sont empressés d'envoyer des personnages éminents de leurs cours porter leurs félicitations à l'empereur et à l'impératrice; les villes les plus importantes par leur commerce et leur population n'ont pas voulu rester en arrière, et, pour que rien ne manquât à ce concert de manifestations, la presse de tous les pays a porté le même jugement sur le crime et sur ses conséquences.

Après la protection évidente dont la Providence a couvert les jours de Leurs Majestés, rien ne pouvait être à la fois plus consolant et plus rassurant que de voir ainsi tous les cœurs, tous les bras d'une grande nation se presser autour de son souverain et lui prodiguer, à lui et à sa race, les témoignages les plus incontestables d'amour et de fidélité ; car les manifestations dont l'empereur et l'impératrice sont partout l'objet ne s'adressent pas seulement à la dynastie et à la famille impériale, elles s'adressent à cet enfant de la France, dont la naissance a été acclamée jusque dans les derniers hameaux comme un gage de sécurité et d'avenir pour le pays.

« Si je succombais, l'empire serait encore affermi par ma « mort même, car l'indignation du peuple et de l'armée serait « un nouvel appui pour le trône de mon fils. » Ces mémorables paroles de l'empereur à l'ouverture de la session législative avaient leur écho dans tous les cœurs; on en trouve la pensée dans toutes les adresses, particulièrement dans celles de l'armée. Gardienne fidèle de nos institutions, l'armée, dans sa noble franchise, déclare qu'elle n'a pas seulement prêté serment à l'empereur, mais encore à l'empire, au fils de l'empereur et à sa dynastie, et qu'elle les défendra comme elle défend aujourd'hui le chef auguste qui lui a rendu ses aigles et sa gloire.

Aussi Napoléon Ier disait-il avec raison que, s'il eût été son petit-fils, il se serait relevé du pied des Pyrénées. On sait par quelle éclatante manifestation ces paroles prophétiques se sont réalisées. Malgré le temps écoulé depuis la chute du trône impérial, la France n'a pas été plus tôt maîtresse d'elle-même qu'elle s'est empressée de le rétablir et d'y asseoir l'héritier de l'empereur.

Et ce n'est pas seulement en France que le trône impérial repose sur l'assentiment public. L'Europe entière, qui s'était liguée jadis pour le renverser, y voit aujourd'hui la plus solide garantie de son repos et de sa prospérité. Elle n'avait pas attendu l'explosion du dernier attentat pour manifester ses sentiments. L'accueil que l'empereur a reçu de toutes les classes de la population, dans ses voyages en Angleterre et en Allemagne, en est une preuve irrécusable.

Contre un pareil accord des souverains et des peuples, que peut la démagogie avec ses sicaires? Ceux qui arment le bras de quelques forcenés pensent-ils gagner les sympathies de la France en essayant de la frapper au cœur?

Le but des assassins étrangers est de bouleverser l'ordre en France afin de révolutionner l'Europe; s'ils ont pu se bercer d'une pareille illusion, l'effet produit par leur dernière tentative a dû leur ouvrir les yeux; ils doivent être convaincus que l'ordre en France ne repose pas sur une seule tête, quelque ferme qu'elle soit, et que les fauteurs du crime, s'ils avaient réussi, auraient consolidé l'empire et n'auraient rencontré dans tous les pays civilisés que l'exécration publique.

LE QUATORZE JANVIER

(1858)

Régénérée et glorieuse,
Parmi des lauriers et des fleurs,
La France enfin, calme et joyeuse,
Rêvait de nouvelles splendeurs.
Ses fils, sous des lois paternelles,
Chantaient, couronnés d'immortelles,
Autour du fertile olivier;
Partout la joie était complète,
Quand, troublant cette grande fête,
Parut le quatorze janvier!

Jour horrible! jour lamentable!
Taché de sang, trempé de pleurs,
Jour où d'un drame épouvantable
Se révélèrent les auteurs.
Gémis, humanité si belle,
D'avoir à ta sainte mamelle
Allaité ce groupe assassin
Qui, pour prix de ce doux service,
N'a grandi, pieuse nourrice,
Que pour te déchirer le sein.

Par quelles odieuses bouches,
Ces monstres furent-ils séduits?
Par quelles doctrines farouches
Au crime furent-ils conduits?
Et quand leur ardente prunelle
Guettait, active sentinelle,
L'instant de l'horrible attentat,
Comment purent-ils s'y résoudre
Sans craindre que Dieu de sa foudre
Avant l'heure ne les frappât?

On comprend le bandit qui tue
Dans le fossé du grand chemin ;
Aisément son cœur s'habitue
Au poignard qui luit dans sa main ;
On comprend aussi ce courage
Qui, s'armant d'une aveugle rage,
Egorge pour un point d'honneur ;
Mais vous, ténébreux homicides,
Insatiables régicides,
Que vous avait fait l'empereur ?

Quand devant sa rapide gloire
L'Europe entière bat des mains,
N'est-ce pas assez pour y croire ?
Répondez-nous, cœurs inhumains !
Par lui les trônes se rallient,
Les haines se réconcilient ;
Plus de luttes, plus de rivaux,
Et vous osez, faibles atomes,
Vils rebuts de tous les royaumes,
Chez nous porter vos drapeaux !

Eh quoi ! ce bras dont la puissance,
Enchaînant les rébellions,
En un jour détruisit en France
L'hydre des révolutions !
Eh quoi ! ce cœur infatigable,
Cette âme fière, incomparable,
Cette noble simplicité,
Ce saint amour de la patrie,
Cette voix qui toujours vous crie :
Honneur, travail et liberté !

Eh quoi ! ce magnifique empire
Qui brille comme le soleil ;
Eh quoi ! cet aigle en qui respire
L'éclat d'un sublime réveil ;
Les lauriers conquis en Crimée
Par notre belliqueuse armée,
Ces chants d'allégresse au retour,
Cette capitale brillante,
Aujourd'hui si resplendissante,
Ne valent pas un peu d'amour ?

Un peu d'amour !... Sa modestie
Ne pourrait pas moins exiger,
Et pourtant la jalouse envie
Discute un tribut si léger :
Elle incrimine sa couronne,
Sa popularité, son trône,
Ses intarissables bienfaits,
Son urbanité, sa clémence,
Sa prodigue munificence,
Tout, jusqu'aux ingrats qu'il a faits.

Rentrez dans vos basses ornières,
Agitateurs stipendiés,
Qui, flattant toutes les bannières,
A chaque porte mendiez !
Huit millions de voix en France
Ont assez prouvé ce que pense
Le peuple de son souverain ;
Le vertige vous exaspère,
N'usez pas vos dents de vipère
A mordre une gloire d'airain.

Cette gloire, qui prit naissance
Sous le vainqueur de tant de rois,
Prouve sa robuste existence
Aux mains de Napoléon trois.
Le peuple, à sa nouvelle aurore,
Plein d'amour, la confirme encore
Par sa puissante sanction.
N'allez donc plus rien entreprendre;
La voix de Dieu s'est fait entendre
Par la voix de la nation.

Or cette voix sublime et grande,
Aux échos pleins de majesté,
C'est la loi du ciel qui commande
Dans l'empire ressuscité;
Devant lui machine, cohorte,
Complot, trahison, tout avorte,
L'empire seul est triomphant.
Le reste est la faible secousse
D'une arme vaine, qui s'émousse
Aux mains débiles d'un enfant.

Mais ces manœuvres ténébreuses,

Malgré leur effet impuissant,

Dans leurs tentatives affreuses

N'ont pas été vierges de sang.

Si la divine Providence,

Pour le bonheur de notre France,

A daigné sauver l'empereur,

Hélas! combien d'autres victimes

Du plus lâche de tous les crimes

Ont subi la sanglante horreur!

Aussi notre juste interprète,

Dans son inflexible équité,

La sévère histoire s'apprête

A flétrir tant de cruauté;

Pour l'éterniser dans le monde,

Son indignation profonde

Cherchera des mots inédits,

Et son immortel anathème

Pèsera, châtiment suprême,

Sur la tête de ces maudits.

Mais elle aura des mots sublimes,
Pour exalter ce demi-dieu,
Qui, comblant d'immenses abîmes,
Des obstacles se fit un jeu :
Elle dira que sa présence
Fut la pompeuse renaissance
D'un règne aussi juste que beau ;
Que sa main vigoureuse et ferme,
Aux factions mettant un terme,
Sut enfin creuser leur tombeau.

Elle dira qu'un doux génie,
Bienfaiteur de l'humanité,
Sous les nobles traits d'Eugénie,
Remplaça la Divinité ;
Que les Français trouvaient en elle
Une mère tendre et fidèle,
Et que chaque jour ce grand cœur
Détachait, magnifique aumône,
Un diamant de sa couronne
Pour alimenter le malheur.

Pour tant de vertus et de charmes,

Femme adorable, puisses-tu

Voir prospérer loin des alarmes,

L'enfant qui du ciel t'est venu !

Puisse ce nourrisson prodige,

Féconde et radieuse tige,

Avoir un printemps éternel,

Et rester égal dans l'histoire

A l'incommensurable gloire

Qu'il tient de l'arbre paternel.

Couvé par ton regard auguste,

Dans un abri tranquille et sûr,

Il grandira, ce noble arbuste,

Sous un ciel toujours calme et pur.

Si pourtant l'aveugle démence

Sur ce trésor plein d'espérance

Dirigeait ses traits menaçants,

Il aurait dans notre tendresse

Une invincible forteresse

Pour abriter ses fruits naissants.

Et vous, qu'on admire et qu'on aime,
Auteurs de ses jours précieux,
Nobles martyrs du diadème,
N'ayez pas le front soucieux.
Groupée autour de votre trône,
De ses soins la France environne
Le père, la mère et l'enfant.
Sous cette égide tutélaire
Ne craignez rien, trinité chère,
L'amour du peuple vous défend.

P. DE LAMOULIÈRE.

PARIS. — IMPRIMERIE DE PILLET FILS AINÉ, RUE DES GRANDS-AUGUSTINS, 5.

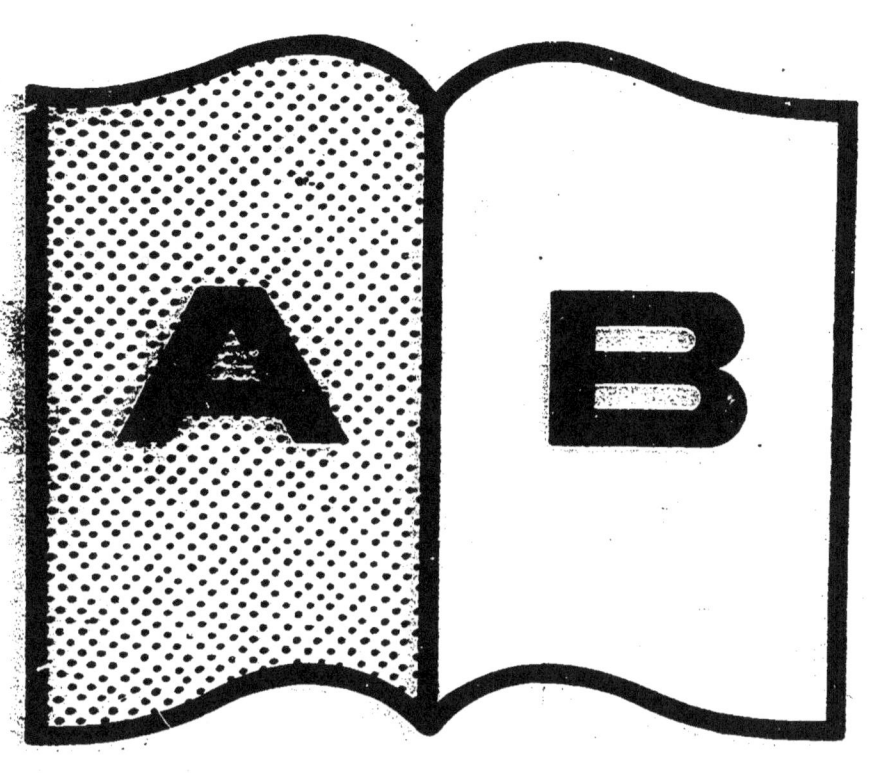

Contraste insuffisant

NF Z 43-120-14